AF206125

FSC
www.fsc.org

MIX

Papier aus ver-
antwortungsvollen
Quellen
Paper from
responsible sources

FSC® C105338

Alice Mier

Mein Jahr in Geschichten

Sehr persönliche Kurzgeschichten, die mein Leben, meine Gedanken und Erfahrungen widerspiegeln.

Impressum

Bibliografische Information der Deutschen Nationalbibliothek:
Die Deutsche Nationalbibliothek verzeichnet diese Publikation in der Deutschen Nationalbibliografie; detaillierte bibliografische Daten sind im Internet über http://dnb.dnb.de abrufbar.

Umschlaggestaltung: Christian Jacob, Berlin

Herstellung und Verlag: BoD – Books on Demand, Norderstedt

ISBN: 978-3-750460652

Januar

Februar

März

April

Mai

Juni

Januar

Ende und Anfang

Nein, ich habe die Worte nicht in der falschen Reihenfolge aufgeschrieben!

Obgleich ich ihnen zustimme. Eigentlich ….

Doch ich möchte mein Jahr beenden. So wie viele es tun, mit einer Silvesterfeier.

- Wissend, dass erneut 365 Tage auf mich warten.
- Hoffend, dass sie mir alle vergönnt sind und
- mit dem festen Vorsatz, jedem Tag die Chance zu geben, der Beste zu werden.

Das ist jährlich mein einziger Vorsatz. Es bereitet mir keine Probleme, ihn umzusetzen.

Früher waren die Vorhaben für das neue Jahr meist umfassender, um nicht zu sagen konkreter. Doch sie hatten den Nachteil, dass die Mächte von außen viele Angriffsmomente fanden. Und dann verlor ich den Kampf!

Und all die Dinge, die gut gelungen waren, hatte ich mir nie speziell vorgenommen!

Ich habe festgestellt, dass das Leben mit dem neuen, einzigen Vorsatz mich recht zufrieden macht.

Die Vorbereitungen auf unsere Silvesterfeier sind überschaubar. An den Traditionen meiner Kindheit halte ich kaum mehr fest. Allerdings ist die Linsensuppe zu Mittag Pflicht. Natürlich nicht wegen der Tradition. Nein, wir finden sie einfach lecker!

Für den Abend hatte ich ein „Ganzes Silvestermenü auf nur einem Blech" vorbereitet. Das habe ich einer Thüringer Zeitung entnommen, leicht verändert durch Weglassen von dem was wir nicht so mögen, und Hinzufügen von anderen, aber aus meiner Sicht passenden Komponenten. Es war rasch zusammengestellt und brauchte nur 30 Minuten im Herd zu sein. Für ein zeitliches Planspiel, wie der heutige Abend es erfordert, eine gute Sache.

So saßen wir pünktlich am Alexanderplatz im Kino, erstaunt über den gut gefüllten Saal, und lachten herzlich und ausgiebig über „Das perfekte Geheimnis".

Danach, auf dem Weg zum Hauptbahnhof mussten wir ein paarmal unseren geplanten Pfad verlassen. Es gab zahlreiche Polizei-absperrungen, die aber mit Sicherheit ihre Berechtigung hatten.

Was wäre wenn ... ? Doch nein, das möchte ich nicht denken!

Was ich aber denke, zwischen den Massen an Menschen, die hier unterwegs sind, ist:

Bin ich in Berlin? Ist das die Hauptstadt der Bundesrepublik Deutschland, oder bewege ich mich in einer Metropole irgendwo?

Uns umgibt ein „babylonisches" Sprachgewirr! Nur das Weinen mancher Babys und Kleinkinder hört sich so an wie von den jüngsten Enkelkindern meiner Geschwister. Doch die sind nicht hier!

Die Minuten bis zum Jahreswechsel vergehen wie immer. Nicht zu schnell, nicht zu langsam. Wir füllen die Sektgläser und können anstoßen auf ein gesundes, friedliches neues Jahr.

Das offizielle Feuerwerk nimmt die Wünsche der vielen Personen um mich herum auf. Ob es alle erhören kann?

Die mitgebrachten Böller der Anwesenden und die unmittelbar vor mir aufsteigenden Silvesterraketen, stören mich persönlich sehr.

Mein Mann gibt schnell wechselnde und rasant ansteigende Geldbeträge von sich. Ganz kurz nur. Dann hört er wieder auf. Die Summe, die hier in Lärm, etwas buntem Licht, aber auch Gestank und Nebel vergeht ist einfach zu gigantisch. Mit so großen Zahlen haben wir nie zu tun.

Na Greta, wie denkst du darüber? Wie ist das bei euch in Stockholm? Könntest du die vielen Jugendlichen auch motivieren auf Böller und Silvesterraketen zu verzichten?

Doch wahrscheinlich verdient auch der Staat sehr gut, wenn man alle so gewähren lässt wie bisher. In Australien wüten Brände, nehmen den Menschen ihr Heim und sogar das Leben, aber das Silvesterfeuerwerk muss sein. Deshalb kommen die Touristen.

Als wir 15 Minuten später im Bahnhofsgebäude sitzen und den ersten Kaffee im neuen Jahr zusammen mit dem Pflaumenmus gefüllten Pfannkuchen zu uns nehmen, ist WhatsApp aktiv. Ich lasse Brille und Handy im Rucksack, kann alles warten. Das neue Jahr hat gerade erst begonnen. Der Tag ist noch so jung. Doch als wir im Zug sitzen, ist bereits eine Stunde von den 365 Tagen verstrichen.

„Guten Morgen im neuen Jahr", begrüßen wir uns nach zirka 7 Stunden Schlaf.

Meinen täglichen Lauf schenke ich mir heute. Das habe ich in der zurückliegenden Nacht erledigt. Es wird ein fauler Tag werden. Ein paar Anrufe mit Neujahrswünschen tätigen, die eingegangen Nachrichten sichten und beantworten.

Gleich beginnt die Übertragung des Neujahrskonzerts der Wiener Philharmoniker. Das höre und schaue ich gern.

Einen winzigen Teil des wunderbaren Blumenschmucks hätte ich gern bei mir stehen. Was für eine Pracht!

Das Programm des heutigen Konzerts greift Jubiläen auf. Besonders für Österreich sind „150 Jahre Wiener Musikverein" und „100 Jahre Salzburger Festspiele" wichtig.

Der 250. Geburtstag von Ludwig van Beethoven wird aber auch bei uns mit zahlreichen Veranstaltungen bedacht werden.

Der für die Pause eingespielte Film „Beethovens Blätterwirbel" macht mir Lust auf den Besuch von Konzerten und Aufenthaltsorten Beethovens.

Unsere persönliche Agenda für 2020 lässt noch viel Raum dafür. Am besten ich fülle sie gleich mit Vorschlägen.

Landwirtschaft und Grüne Woche

Haben sie schon einmal eine Virtual- Reality-Brille (VR) aufgesetzt und damit einen Film gesehen?

Das sollten sie unbedingt tun!

Ich bin froh, dass ich meine Vorbehalte bei Seite schob und es in Brügge ausprobierte. Wir hatten uns diese wunderschöne alte Stadt zunächst erlaufen und dann, als die Füße ermüdet waren, am Großen Markt im 'Historium' niedergelassen.

Dort befindet sich in der ersten Etage das 'Duvelorium Grand Beer Café'.

Wir fanden einen freien Platz auf dem Balkon und konnten bei Kaffee und Bier den Blick auf und über den 'Grote Markt' genießen.

Im Erdgeschoss des Gebäudes lud man zu einer Ausstellung, einem Film, der die Liebesgeschichte von Jakob, einem Lehrling Jan van Eycks, erzählt und die Betrachter einbezieht sowie der 'Historium Virtual Reality Show' ein. Mittels dieser Brille finden wir uns dann um 1435 im Hafen von Brügge wieder und werden in einem Boot zur Wasserhalle gebracht. Das Ganze fühlt sich so realistisch an, dass ich unwillkürlich die Füße hob, als einige Fässer auf mich zu rollten.

Zum Abschluss flogen wir noch auf den 'Belfried' zu und ich fühlte mich wie auf einem Kettenkarussell. Ich hatte Angst aus dem Sitz zu rutschen.

Doch die Landung war sanft. Als ich wieder von der Brille befreit war, fand ich die Flugnummer doch ein wenig übertrieben. Im 15. Jahrhundert konnte man höchstens mit Bibi Blocksbergs Kartoffelbrei durch die Gegend düsen, musste dann aber Angst haben, als Hexe angeklagt zu werden.

Ich habe es den Machern verziehen, weil es insgesamt ein schönes Erlebnis und eine neue Erfahrung war.

Was hat denn das mit 'Landwirtschaft und Grüne Woche' zu tun, fragen sie sich?

Bleiben sie neugierig!

Unlängst las ich, dass man Kühe mit VR Brillen ausstattet. Sie werden speziell für den Kopf der Kuh angepasst und gaukeln ihnen dann vor, auf der Wiese zu sein. Man will herausgefunden haben, dass die Tiere im Stall weniger Stress empfinden. Dass sich die Milchproduktion damit erhöhen lässt, ist noch nicht erwiesen. Doch die Versuche werden fortgesetzt.

Die Ergebnisse interessieren mich wirklich. Schließlich habe ich einen Facharbeiterbrief als Rinderzüchterin erworben, allerdings nie in diesem Beruf gearbeitet.

In der Ausbildungszeit war ich viel im Rinderstall. Melken, Kühe putzen, füttern, aber auch ausmisten war zweimal täglich zu erledigen. Zwischen dem Einsatz im Stall am Morgen und am Nachmittag war Feldarbeit angesagt. Da mussten Kartoffeln gelegt, Rüben verzogen und Heu gemacht werden. Im Winter ging es dann statt aufs Feld in den Schweinestall. Trotz der Hilfe durch Maschinen war das viel körperliche Anstrengung.

Mir ist klar, was Landwirte leisten. Mir ist klar, dass wir hochwertige Nahrungsmittel nicht zu Niedrigpreisen erhalten können.

Auf der Grünen Woche erscheint Landwirtschaft etwas zauberhaft, verklärt, alles ist sauber. Die schwere Arbeit ahnt man nicht.

Bei meinem Besuch dort, vor ein paar Jahren, beteiligte ich mich in der Brandenburg-Halle beim Wettmelken und belegte den zweiten Platz, der mir im Sommer ein schönes Wochenende bescherte. Als Rinderzüchterin gab ich mich nicht zu erkennen. Die Siegerin hatte viel mehr Berufserfahrung als ich.

Was mich jedoch weiterhin beschäftigt ist, dass den Kühen mitten im Winter „grüne Wiese" vorgegaukelt wird. Helfen dies und klassische Musik im Stall, die Milchproduktion zu steigern? Darüber würde ich gern mehr erfahren, doch das gab der kleine Bericht nicht her.

Ich finde das richtig spannend und stelle mir vor, dass auch Drohnen und Roboter im Kuhstall helfen. Die Roboter würde ich zum Ausmisten einteilen. Die Drohnen könnten das Euter reinigen und das Melkzeug anlegen.

Doch nein, das geht nicht!

Die Drohnen würden abstürzen, weil das liebe Milchvieh immer mit dem Schwanz um sich schlägt.

Den hatte ich so oft im Gesicht.

Februar

Hundefreuden

Ich habe mir angewöhnt, jeden Morgen ca. 40 Minuten zu walken, bei Wind und Wetter.

Um diese Zeit, und auf meinen Wegen, sind meist nur die Hundehalter unterwegs. Sie zotteln, die Leine in der Hand, hinter ihrem Hausgefährten her.

Mein Hausgefährte dagegen, darf noch im Bett liegen und ein wenig schlummern. Ich erwarte nicht, dass er mich begleitet, freue mich aber über das fertige Frühstück, wenn ich: „Ich bin zurüüüück!", durchs Haus rufe.

Ich brauche keinen Hund zum Laufen. Außerdem flößen sie mir Angst ein. Als Kind wurde ich gebissen und der Schmerz hat sich mir fest eingeprägt. So wähle ich oft die andere Straßenseite, wenn Frauchens oder Herrchens Begleiter nicht angeleint ist.

Haben sie eine Tüte dabei, denke ich immer. Unter unseren herabhängenden Zweigen der Tamariske bleiben manchmal die tierischen Hinterlassenschaften liegen. Das ist immer eine Freude beim Rasenmähen.

Ob das Häufchen vom Eurasier stammt? Sein Frauchen hat zwar eine Leine in der Hand, er aber darf sich frei bewegen. Da sie immer vor ihm ist, kann sie nicht wahrnehmen, wann und wo er sein Geschäft erledigt.

Meine Laufstrecke führt mich ein Stück entlang des Wanderwegs Bretterscher Graben. Hier treffe ich auf viele Hundefreunde mit ihren Kläffern. Ich rufe ihnen, den Zweibeinern, stets ein fröhliches GUTEN MORGEN zu, aber nicht alle antworten. Na, dann nicht, denke ich und laufe weiter.

Manchmal begegne ich Angela mit ihrem unruhigen Rüden. Wir kennen uns vom wöchentlichen Gymnastikabend, den sie nicht mehr besucht. Vergeblich sind meine Animationen fürs Wiedererscheinen.

Abends sei sie einfach immer nur fertig und kann sich nicht aufraffen. Schade, aber was soll´s, muss man akzeptieren. Mir gehen die Argumente aus und ich kühle ab, wenn ich zu lange stehen bleibe.

Achtung! Ich nähere mich dem Wolfsgehege. Nein, nicht wirklich. Das ist nur meine

Bezeichnung für das Grundstück. Der schäferhundartige Flohpelz dort, regt sich immer mächtig auf, wenn Personen am Anwesen auftauchen. Dann rennt er in einem Affenzahn hinter dem Zaun hin und her und bellt sich heiser.

Wenn ich dort vorbei bin, kann ich schon die Hundemutter sehen. Fünf Bellos wuseln um sie herum. Sie hat sie alle aus dem Tierheim geholt und beschenkt sie mit einem angenehmen Dasein bis sie in den Hundehimmel kommen. Das erzählte sie mir vor längerer Zeit, als ich, um die Kurve biegend, unerwartet in ihre Meute geriet und erstarrte. Sie führt immer nur ein Tier an der Leine und die anderen vier laufen wie sie möchten. Auf ihr Rufen reagieren sie erst nach geraumer Zeit, wenn sie das Terrain beschnüffelt haben. Außerdem hat sie oft zwei große Beutel bei sich, die sie mit am Straßenrand abgerupften Giersch- und Löwenzahnblättern füllt. Für die Hunde ist das sicher nicht. Doch ich möchte auch nicht wissen, wie viele andere Tiere sie noch beherbergt.

Ja, ich wurde auch zum Schnüffelobjekt der alten Vierbeiner, von denen einer fast blind ist, der andere nicht mehr gut hört, die aber nie laut werden. Nur Schuhe ablecken und mich umkreisen lassen, muss ich aushalten. Dabei bin ich froh, wenn keiner von ihnen das Bein hebt, wenn ich wie angewurzelt stehe. Der halbblinde Fiffi könnte auf den Gedanken kommen, ich sei ein Baum. Bloß nicht!

Inzwischen winken Hundemama und ich uns meist schon von Weitem zu und ich wähle einen Abzweig oder drehe um.

Eine andere Dame mit Hündchen, die mich jeden Morgen ganz freundlich grüßte, und wir fanden immer ein paar nette Worte für einander, begegnet mir nicht mehr. Ich traf nur noch auf den Wauwau, der nun ein Herrchen zieht. Dieser hat sichtlich zu tun, die Gassi-Runde gemeinsam mit dem Tier zu beenden. Ich überlege, ist Frauchen krank? Wage aber nicht, nachzufragen. Wie soll ich ihn auch ansprechen? Schließlich bin ich immer nur dem Hund und Frauchen begegnet.

Wenige Wochen später treffen wir gar nicht mehr aufeinander. Sie sind weg. Wie vom Erdboden verschluckt. Nur noch in meiner Erinnerung.

Wenn ich meine Runde fast abgeschlossen habe, stoße ich ab und zu auf unseren Nachbarn Piotr und seinen Mischling. Für mich hat da ein Beagel mitgemischt und aus den Augen blitzt der Husky. Piotr meint, der Huskyanteil sei beim Laufen sehr zu spüren, denn er zieht stark an der Leine, die er sich um den Bauch gebunden hat.

„Und wenn du nicht mehr kannst?", frage ich. Dann merkt Lara das und wird langsamer, antwortet er mir.

Doll, denke ich. Die Kommunikation zwischen Hund und Mensch gelingt auch über eine Leine um den Bauch.

So laufen wir das letzte Stück gemeinsam und tauschen uns die Neuigkeiten vom Wohnviertel aus. Noch ein Bussi und ich verschwinde durchs Gartentor.

Jetzt im Winter sind die Tage kalt und selten sonnig. Da rät mir mein Hund, doch im warmen Bett zu bleiben. Ich könnte noch etwas lesen oder auch einfach weiterschlafen. Aber ich widerspreche dem inneren Schweinehund. Wäre ja noch schöner, mich von einer Töle bestimmen zu lassen!

Leise husche ich aus den Federn und nur wenige Minuten später umgibt mich der frische Hauch des neuen Tages und ich denke:

„Es geht mir soooo gut!"

Kurschatten

Eine Bekannte hatte mich vor dem Kurantritt mit dem Hinweis ausgestattet, dass eine Kur nur mit Kurschatten erfolgreich ist. Dabei war sie selbst noch nie zur Kur. Die Weisheit hat sie von ihrem Mann! Ich verspreche ihr, mir größte Mühe zu geben und später davon zu berichten.

Auch mein Kardiologe verabschiedet mich mit den Worten: „Ganz wichtig für das Gelingen einer Kur ist ein Kurschatten. Das frischt die Liebe zu Hause enorm auf."

Also wenn ich zweimal darauf hingewiesen werde, muss ja was dran sein. Leicht skeptisch, aber nicht abgeneigt, erinnere ich mich wieder daran.

So lerne ich verschiedene Männer kennen. Schwer ist das nicht. Man muss sich einfach ansprechen lassen und nicht zickig sein. Letzteres gelingt mir immer dann gut, wenn ich es will. Ich bin also nett, und so erfahre ich vom Leben anderer Menschen.

Als ich nach dem Abendbrot im Foyer sitze und warte, dass der PC frei wird, um meinen Mailbriefkasten zu prüfen, werde ich angesprochen: „Sie sind ja auch aus Berlin! – Aus welchem Stadtteil kommen Sie denn? – Sind Sie schon lange hier?" Der Fragende hatte die Autos auf dem Parkplatz nach Berliner Kennzeichen inspiziert und mich heute im Fahrzeug gesehen, als ich nach der Einkaufsfahrt – mein Wasser war aufgebraucht – noch zur Seebrücke fuhr. Da ich brav antworte erfahre ich, dass er sich die Kurabende aufregender wünscht. Aber hier seien ja nur Kranke! Dazu zähle er sich nicht, weil er nur hohen Blutdruck und ein paar Pfunde zu viel habe. Er hofft, abzuspecken. Ich frage mich - nicht ihn - ob er das wohl schafft, wenn er jeden Abend noch in eine Gaststätte geht, in die ich ihn begleiten soll. Sie seien eine illustre Gesellschaft, unterhalten sich nett und essen immer etwas Leckeres. Besser als die abgezählten Kalorien hier am Buffet. Und einen guten Rotwein habe man auch schon ausgesucht. Dankend lehne ich die Einladung, einen Abend in Gesellschaft zu verbringen ab, denn ich denke an meine gewünschten 1000 kcal. Wegen der Einnahme der vielen Medikamente verzichte ich auch auf Rotwein. Dennoch bin ich überzeugt, dass es ein netter Abend geworden wäre. Immer wenn wir uns begegnen unterhalten wir uns ein wenig. Ich halte ihn für eine Frohnatur, die jedem Moment etwas Schönes entnehmen kann.

Meine Tischnachbarin meint, sie könne mich keine Fünfminuten allein lassen, schon sei ich von Männern umringt. Sie findet das richtig schlimm, weil ich ja verheiratet bin. Ich habe damit kein Problem, denn ich gehe stets auf Menschen zu, wenn ich sie kennen lernen möchte. Und das gilt für Frauen und Männer gleichermaßen.

Der ehemalige Feuerwehrmann aus Berlin, der mir seine Gesellschaft für einen Spaziergang anbietet, ist Hobbymusiker. Als er seiner Frau vorm Schlafengehen vom Musikabend erzählte, erlitt er einen Herzinfarkt, kann ihr aber noch genaue Anweisungen geben, was sie tun soll. Ganz häufig hatte er die Symptome beobachtet, als er Patienten mit dem Notarztwagen in die Klinik brachte. Wir haben angenehme und interessante Gespräche über Musik und Reisen, über Menschen und unsere Erfahrungen nach der Wende. Er aus Wessi- und ich aus Ossi-Sicht.

Doch ich passe auf, mich nicht als Seelenklempner einspannen zu lassen. Ich habe mein eigenes Päckchen zu tragen. Mitleid will und brauche ich nicht. Die zu ausführlichen Krankengeschichten anderer Menschen tun mir nicht gut. Deshalb bin ich auch gern für mich. Es ist überhaupt nicht langweilig allein am Strand zu sein! Ich genieße die Ruhe, lege viele Kilometer zurück, sammle Strandgut und fühle mich richtig wohl.

Auf dem Weg zum EKG treffe ich auf den Kurgast aus Hanau. Er interessiert sich für mich und lädt mich irgendwann zum Kaffee ein. Wir treffen noch einige Male aufeinander und unterhalten uns über belanglose Dinge. Beim Ergometer-Training sitzen wir nebeneinander und strampeln für unsere Fitness. Einen Kaffee trinken wir nicht zusammen.

„Treppe oder Aufzug?", werde ich gefragt. Dass ich mich für die Treppe entscheide, wurde nicht erwartet, aber gerade das verhilft mir zu einem Kompliment. Der junge Mann meint, dass in seinem Alter der Aufzug schon erlaubt ist, denn er sei immerhin bereits 48. Ich spüre deutlich seine Überraschung zu erfahren, dass er der Jüngere ist. „Das hatte ich nicht erwartet. Sie wirken jünger" sagt er und errötet leicht. Mir geht es gut mit diesen zwei kurzen Sätzen. Schließlich treffen wir immer bei der Wassergymnastik auf einander und es fällt mir verdammt schwer, den Bauch einzuziehen!

Als ich vor dem Schwesternzimmer sitze, kommt mein Zimmernachbar vorüber. Er geht an mir vorbei, dreht sich plötzlich um und ruft: „Wir trinken morgen Kaffee zusammen. 16.00 Uhr in der Cafeteria!" Darauf war ich nicht gefasst. Und bin ganz perplex, dass ich ja gesagt habe. Beim Abendbrot erzähle ich es am Tisch. Meine Tischnachbarin protestiert! „Sie können mit jedem Mann Kaffee trinken," sagt sie, „aber nicht mit dem. Der ist absolut blöd und quatscht jede Frau an. Also wenn sie mit dem ins Kaffee gehen ....", sie legt sich mit ihrer Empörung richtig ins Zeug! Es ist ihr voller Ernst! Ich beruhige sie, indem ich erkläre, dass ich ihre Gedanken durchaus teile. Er hatte mich bereits einige Male angesprochen und ich fand die Anlässe immer fadenscheinig, die Art und Weise der Ansprache linkisch und das Gesagte ohne Zusammenhang und dem Moment unangepasst.

Doch meine Neugier war geweckt. Ich wollte herauszufinden warum dieser Mensch so ist wie er ist. Sie lässt das nicht gelten!

Mich amüsiert ihre Empörung und ich beruhige sie, denn ich hatte bei meiner Zusage nicht im Kopf, dass ich für 16.00 Uhr noch einen Therapietermin habe. Ich kann also mit gutem

Gewissen versprechen, ihn nicht zu treffen und entschuldige mich bei ihm.

Seine schriftliche Nachricht an meiner Tür drückt Enttäuschung und Verachtung aus.

Ich dagegen, werde wieder neugierig! Die Nachricht ist gedruckt! Wie hat er das gemacht? Selbst wenn er einen Laptop hat, wie kann er sie ausdrucken?

Ich werde es nie erfahren!

Die weiteren Bekanntschaften wären noch schneller erzählt.

Der Mann, den ich gern kennengelernt hätte, ist immer in Begleitung.

So ist der treueste Schatten *der*, den ich bei meinen Spaziergängen selbst werfe.

März

Mensch und Technik

Schon früh lernen wir kennen, dass uns technische Geräte so manches erleichtern und Zeit sparen. Jeder kann mit Sicherheit eigene Beispiele dafür nennen.

Die Technik hat sich rasant entwickelt und verändert unser Leben.

Mit zunehmendem Alter taucht dann der Gedanke auf, ob man das wirklich alles braucht. Also bei mir macht sich Skepsis breit. Und das kam so.

Mein Sohn hatte mir zum Geburtstag ein Jahreslos der „Deutschen Fernsehlotterie" geschenkt, und ich habe tatsächlich gewonnen. 10,00 € für die richtigen letzten beiden Endziffern der Losnummer. Ich bekam einen Verrechnungsscheck zugesandt, und dachte, ich hole den Gewinn ab und gehe Eis essen.

Auf der Post konnte man mir nicht weiterhelfen, weil ich kein Konto bei der Postbank habe.

So ein Scheck wird nicht bar ausgezahlt. Er muss einem Konto gutgeschrieben werden.

Ich musste zur Sparkasse nach Berlin, denn dort wird mein Konto geführt. Die Bankgeschäfte erledige ich eigentlich von zu Hause aus. Onlinebanking, ich habe mich daran gewöhnt.

So war ich lange Zeit nicht mehr in einer Filiale und erst mal irritiert. Alles neu. Die Kunden werden durch ein Terminal gesteuert.

6 Vorschläge zum Auswählen eines Vorhabens. Was ich wollte, war nicht dabei. Kein Ansprechpartner den ich hätte fragen können.

Ich wähle die Kontoangelegenheit aus. Wieder verschiedene Vorschläge. Ich treffe eine Wahl und das Terminal belohnt mich mit einem Bon. Darauf eine Blume. Na gut, das Symbol passt zu mir.

Ich nehme im Wartebereich Platz und schaue auf die Anzeigenmonitore, schließlich muss ich ja Verständnis für das Prozedere entwickeln.

Viele verschiedene Symbole entdecke ich auf dem Monitor. Meine Blume ist auch dabei, als letztes. Nach einer Weile ertönt ein Aufruf per Kurzmelodie und das Brandenburger Tor wird in die erste Etage zu Platz 10 beordert.

Dann erfolgt der Aufruf der Geige an Platz 04 im Erdgeschoss.

Wo ist Platz 04 fragt mich meine Nachbarin mit dem Geigensymbol. Ich weiß es nicht, sage ich und schaue weiter in die Runde. Vielleicht entdecke ich den Platz 04. Ach, da läuft sie hin, denke ich und dank dieser Frau erkenne ich nun auch die Kennzeichnung der Plätze, an denen die Sparkassenmitarbeiterinnen die Kunden bedienen. Doch die Geige kommt zurück, weil sie keine Geige ist, sondern das Cello.

So sitze ich 30 Minuten, setze mich gedanklich mit dem Ablauf des Geschehens auseinander, erlebe die Hilflosigkeit von Personen, die wie ich heute die Neuerung der Sparkasse zum ersten Mal erleben.

In 15 Minuten fährt mein Zug. 5 Minuten plane ich für den Weg bis zum Gleis ein, um den Zug zu erreichen. Bleiben also zehn, um den Scheck auf meinem Konto gutschreiben zu lassen.

Ich starre auf den Monitor, aber die Blume bewegt sich nicht!

Nun muss ich mich bewegen, sonst ist der Zug weg und ich will nach Hause.

An welchem Platz die Blume bedient werden sollte, weiß ich nicht. Vielleicht hat sie das System durcheinandergebracht, weil sie nicht erschien.

Ich werde es nicht erfahren.

Den Scheck habe ich noch in der Tasche.

Picasso, ich und ein spätes Geständnis

Picasso sagte einmal:

„Wenn es nur eine einzige Wahrheit gäbe, könnte man nicht hunderte von Bildern zu einem Thema malen."

Eine Freundin ruft an und fragt, ob ich mit nach Potsdam komme, die Picasso-Ausstellung im Barberini anzuschauen. Welche Frage, natürlich will ich. Mal wieder Potsdam, das ist schön und dem Barberini wollte ich schon längst einen Besuch abstatten. Wir verabreden uns für Dienstag, aber ach, das Haus hat dienstags geschlossen. Donnerstag ist auch gut. Schließlich haben Rentner immer oder niemals Zeit. Gut, dass wir die Schließzeit rechtzeitig bemerkten. So eine vergebliche Anreise hatten wir bereits einmal, als wir eine Ausstellung im Schloss Sanssouci besuchen wollten.

Meine Freundin kauft im Internet die Eintrittskarten und ich kümmere mich um Fahrverbindung und Fahrkarten.

Es wird ein Gruppenausflug, sechs Personen, denn ich aktiviere noch eine weitere Freundin und die Männer kommen auch mit.

Als sachkundigen Begleiter durch die Ausstellung hole ich mir einen Barberini Guide, der mir die Bilder erklärt. Ohne eine solche Hilfe erschließen sich mir Gemälde fast nie.

Staunen über die Idee und deren Umsetzung gelingt mir stets.

„Es gefällt mir" oder „es gefällt mir nicht", entwickelt sich auch selbständig im Kopf, doch mit den Erläuterungen wird das Werk dann interessanter und verständlich.

Ich bewundere wie sicher so ein kräftiger Pinselstrich an die richtige Stelle gesetzt wurde oder wie gekonnt feine Linien zu einem Kunstwerk werden.

Die Farbstiftzeichnung „Le Bouquet", vom 21. April 1958, wirkt im ersten Moment wie ein von Kinderhand gemalter Blumenstrauß. Die Hände jedoch, die ihn halten, sind für mich nicht mehr kindlich gezeichnet. Hat Picasso die Blumen für

Jaqueline Roque, die er 1961 heiratete, gemalt? Die Kunstpostkarte verrät es nicht.

Während ich die Werke von Picasso betrachte, mich auf sie einlasse und mir nach den Erklärungen meine eigenen Gedanken mache, muss ich unweigerlich an meine Schulzeit denken.

Kunsterziehung war nie mein Lieblingsfach und selbst etwas zeichnen kann ich überhaupt nicht. Egal wie viel Mühe ich mir auch gab, die Bewertung war für mich stets niederschmetternd und die Zeichennote auf dem Zeugnis ein Schandfleck.

Mein Zeichenlehrer hatte an meinen künstlerischen Strichen und Schwüngen immer sehr viel auszusetzen. Als wir ein Naturbild zeichnen sollten, fragte er mich: „Siehst du das so?" und tippte auf die Äste meiner gezeichneten Bäume. „Ja", antwortete ich kurz. Er schüttelte den Kopf und meinte: „Zeichnen ist sehen. Also sieh genau hin."

Es gibt Sätze, die ich höre und die – ich weiß nicht warum – sich mir sehr fest einprägen. So war es auch mit diesem Satz. Immer wenn ich an einer Zeichnung saß, hörte ich ihn.

Jetzt, vor den Bildern von Picasso ist er wieder präsent und ich frage mich, hat Picasso seine Jaqueline so gesehen wie er sie malte?

Okay, Picasso ist ein Künstler, ich war nur die Schülerin im Zeichenunterricht.

Später, auf dem Abiturzeugnis, gab es den Schandfleck glücklicher weise nicht mehr. Ich konnte ihn durch das Erlernte der mannigfaltigen Fassetten, die Kunst beinhaltet, ausradieren und versöhnte mich mit dem Unterrichtsfach.

Die Entdeckungen der Werke von Picasso gehen weiter. Es gibt noch eine Menge zu sehen und zu staunen. Die verschiedenen Bilder zum Minotaurus erinnern wieder an das Zitat von Picasso und mich an den Geschichtsunterricht.

In dem für mich letzten Ausstellungsraum betrachte ich die sieben Zeichnungen, die er mit einem roten und blauen Stift auf weißem Grund malte. „Schlafende Frau", so nannte er es. Eine Serie von Bildern, bei denen das Motiv variiert. Sie sind verschieden und unterscheiden sich doch wenig. Grund genug, vor jedem einzelnen Bild zu verweilen und genau hinzusehen.

Er schuf sie an einem Tag, verrät mir der Guide und ich werde sofort noch einmal an meine Schulzeit erinnert.

Es war in der 8. Klasse. Thema: Selbstportrait; eine Bleistiftzeichnung.

Nach den Erklärungen, worauf wir besonders achten sollten, begannen alle in der noch während Unterrichtszeit. Die Hausaufgabe bestand darin, das Portrait bis zur kommenden Woche zu beenden. Das vergaß ich prompt. Als unser Zeichenlehrer die Werke einsammelte, konnte ich mich nur entschuldigen und log, meine fertige Zeichnung liege zu Hause.

„Dann geh' und hole sie. In 15 Minuten bist du wieder da", sagte er.

Der Schreck saß! Die halbfertige Zeichnung lag unter dem Tisch. Mitnehmen konnte ich sie nicht. Ich raste nach Hause. 3 Minuten der gewährten 15 waren verstrichen, als ich ankam. Hastig griff ich ein weißes Blatt, einen Bleistift und einen Handspiegel. Außer Augen, Mund und Nase, die ich am schwersten fand, brauchte es nur wenige Linien und Schattierungen bis ich fertig war.

Sah mir ähnlich, was ich gezeichnet hatte?

Ich weiß es nicht mehr. Acht Minuten hatte ich für das Selbstportrait gebraucht. Vier Minuten blieben für den Rückweg, bergauf! Total außer Atem übergab ich die Zeichnung.

Geschafft! Gerettet!

Mein Werk wurde mit „Zwei – minus" bewertet. Die beste Note, die ich je für eine Zeichnung erhielt.

April

Sperrmüll

Haben sie es auch bemerkt? Erkner wird nicht nur größer, sondern auch immer schöner.

Daran muss man sich einfach beteiligen und Ordnung auf dem eigenen Grundstück schaffen. Deshalb wollten wir an einem Freitag etwas Schrott und eine kleine Menge Sperrmüll in der Julius- Rütgers- Straße abgeben.

Der wichtige Mitarbeiter in Orange schaute in den Kofferraum und brummte: „4,50 €!"

„Wie bitte? In Berlin wird man das kostenfrei los."

„Dann fahrn ses doch nach Berlin!", war die Antwort. Kein weiteres Wort, kein Blickkontakt, kein Hinweis auf den Abfallkompass.

Wütend kam mein Mann zurück. Ich sorgte mich um seinen Blutdruck und versuchte ihn zu beruhigen, in dem ich sagte: „Sieh es doch mal so, du hast ihm das Wochenende verdorben!"

„Verstehe ich nicht", war die Antwort.

„Ist doch ganz einfach, wenn er zwei, drei Kunden so abfertigt, sind Bierkasten und Chips für das Wochenende gesichert."

Ich nahm den Abfallkompass, um genau zu lesen, was noch dort entsorgt werden kann. Nichts von dem was im Kofferraum war passte dazu.

Fatal, aber passiert!

Ja, der Ton zwischen den Menschen ist rauer geworden. Nicht nur in der Politik.

Und wir müssen nun doch für die winzige Menge Sperrmüll ein großes Fahrzeug bemühen, das hoffentlich nur ganz geringen Feinstaub- und CO_2 – Ausstoß hat.

Reisen bildet

„Wenn jemand eine Reise tut, so kann er was erzählen."

So schrieb Matthias Claudius in Urians Reise um die Welt.

Ich reise und erlebe viel. Erzählen kann ich es auch.

Was favorisieren sie als Fortbewegungsmittel, um von A nach B zu kommen?

Wir haben schon alles Mögliche ausprobiert. Die weiten Reisen begannen mit dem Flugzeug. Angekommen, nutzen wir einen Bus, manchmal auch ein Wohnmobil. So war es in den USA.

Auch Kreuzfahrten haben wir schon gemacht, doch die sind ja in Verruf gekommen und hinterlassen nun ein schlechtes Gewissen.

Mit dem Wohnmobil durch Europa ist auch sehr schön. Man kann bleiben wo es einem besonders gut gefällt oder Interessantes zu entdecken gibt. Stellt sich die Frage nach Feinstaub und CO^2 – Bilanz!

Ja, den Flixbus habe ich auch schon genutzt!

Zu Fuß gehen ist prima, einmal im Monat ist bei mir Wandertag. Doch am Abend bin ich wieder am Ausgangsort. Eine Fernwanderung fehlt noch!

Radfahren geht auch. Das Rad unterstützt unsere Wohnmobilreisen, das Einkaufen im Ort, und es bringt uns auch gut in die nähere Umgebung.

Sie meinen die Bahn fehlt noch. Das stimmt!

Als Randberliner ist die S-Bahn in die Großstadtmetropole super. Ich muss keinen Parkplatz suchen. Einparken ist mir ohnehin ein Gräuel.

Noch besser ist für uns der RE1 und in Berlin gibt es dann Anschlüsse überall hin.

Genau das haben wir ausprobiert! Mehrfach bereits.

Zum Beispiel Erkner – Diez (an der Lahn) und ein paar Tage später zurück. Ein Besuch bei meinem Bruder und meiner Schwägerin.

Wir hatten unsere Fahrkarten rechtzeitig online gekauft und bekamen sie sogar zum Spartarif.

Diese Reisen waren immer spannend.

Einmal fuhr der Zug gar nicht. Der Grund dafür war der fehlende Lokführer. Er hatte sich krankgemeldet und einen ICE darf nicht jeder Zugführer fahren. Das bedarf einer Spezialausbildung, erfuhren wir.

Ja, Menschen können krank werden. Das ist mir auch schon passiert. Dann ist es gut, wenn eine Vertretung zur Verfügung steht. Das wiederum funktioniert nur, wenn die Arbeitskräfte nicht zu knapp kalkuliert werden. Macht das die Bahn?

Wir haben uns nicht weiter aufgeregt, ein anderer Zug brachte uns ans Ziel.

Beim letzten Mal erlebten wir mehrere lustige Dinge.

Der Wagenstandanzeiger auf dem Hauptbahnhof sagte uns, dass unser Wagon sich am Anfang des Zuges befindet. Also begaben wir uns zu diesem Bereich. Der Zug fuhr ein, doch unser Wagon war am Ende.

Das passt zu Berlin, da geht ab und zu mal was schief. Ich erlebte es auch nicht zum ersten Mal, aber damals wurde diese Änderung mittels Anzeige am Gleis vorher bekannt gegeben und es gab eine Lautsprecheransage. Ich mutmaße, dass man vergaß, die Zusammenstellung des ICEs am Ausgangsbahnhof, Berlin mitzuteilen. Das kann ja mal passieren.

Wir mussten uns ein wenig sputen, bestiegen aber trotz Gerangel durch die Umorientierung zahlreicher Fahrgäste rechtzeitig unseren Wagen.

Nun galt es die Sitzplätze zu finden. Die Anzeigen, welche Plätze mit Platzkarten vergeben sind, waren heute ausgefallen und so ergab sich eine illustre Kommunikation zwischen uns und weiteren Fahrgästen, die vor uns im Zug waren, aber keine Platzkarten erstanden hatten.

Der Zug war inzwischen aus dem Bahnhof gerollt und wir wurden mittels Durchsage außerordentlich freundlich begrüßt.

Doch, das finde ich sehr nett! Auch wenn als Nachsatz darauf hingewiesen wurde, dass für den gesamten Zug nur zwei Toiletten benutzbar wären.

Auf halber Strecke kam mein Mann auf die Idee, wir gehen ins Bordbistro und essen etwas. Er hat dann auch sofort klare Vorstellungen davon, was er ordern möchte und sprach seine Bestellung aus. Doch nichts davon war möglich, nicht mal heißer Kaffee!

In solchen wunderbaren Situationen lächeln wir immer! Aufregen macht es auch nicht besser.

Auf die Frage, was man uns empfehlen könnte, erhielten wir ein mit Kochschinken und Käse belegtes Baguette. Jeder sein eigenes! Wasser zum Runterspülen hatten wir im Rucksack.

Wir verwickelten die Servicekraft in ein Gespräch und ließen uns erklären wie solche Pannen entstehen.

Mein Mann hatte sofort einen Vorschlag, um zu vermeiden, dass sich so etwas wiederholt. Doch das war bereits bekannt und würde so gehandhabt. Nur diesmal hatte es nicht funktioniert. Es war menschliches Versagen!

Nun sind wir schlauer. Ja, Reisen bildet.

Auf der Rückreise, einige Tage später, bekamen wir das Bestellte im Bordrestaurant! Nur, ich musste zu Hause meinen Mantel in die Reinigung geben. Er wurde bekleckert, weil ich ihn wegen der Eiseskälte nicht ablegen konnte. Dass die Heizung im Speisewagen nicht funktioniert, war nicht mein Versagen, dass ich kleckere, muss ich allein verantworten.

Das belegte Brot auf der Hinfahrt machte satt und plötzlich hielten wir in Fulda. Dort war allerdings kein Halt vorgesehen. Mal sehen was es jetzt Spannendes gibt, frohlockte mein Mann.

Die Durchsage allerdings war sehr traurig. Ein vor uns fahrender Zug konnte wegen „eines Personenschadens" nicht weiterfahren.

Dahinter verbirgt sich manchmal ein Suizid. Ich möchte nicht in der Haut eines Zugführers sein, der sich unverschuldet für den Tod einer anderen Person mitverantwortlich fühlt!

Doch ich lernte dazu. Seit her weiß ich, dass auch Züge Umleitungen fahren können!

Dass wir 40 Minuten später in Frankfurt am Main sein werden, lässt uns zwar den Anschlusszug verpassen, macht aber nicht viel.

Die Regionalzüge in Richtung Limburg fahren stündlich und mein Bruder kann sich noch etwas Zeit lassen, um uns abzuholen.

Ja, es war ein kleines Abenteuer, das ökologisch korrekte Reisen.

Versuchen sie es auch und erzählen sie dann davon!

Mai

Gespräche mit der Natur

Heute ist der zweite Mai und ich fühle mich so allein und verlassen im Wohnmobil, auf dem Campingplatz zwischen Mittenwald und Garmisch – Partenkirchen.

So sollte unsere schöne Reise durch Bella Italia nicht enden.

Mein Schatz und Pilot unserer BERTA, so nennen wir unser Wohnmobil, ist in München im Krankenhaus und wartet auf seine OP. Ich habe Angst und muss Platz schaffen für die Hoffnung „es wird gut". Den Kopf frei kriegen, also raus und laufen. Das hilft immer.

Bisher ist der Regen, den die Wetter-App anzeigte, ausgeblieben. Gut so. Tief einatmen und die Umgebung auf mich wirken lassen. Das mag ich. Ich nehme den harzigen Geruch des Holzes wahr und schaue auf das was hier wächst. Viele Pflanzen erinnern mich an den Wald meiner Kindheit im Erzgebirge.

Von den Himmelschlüsselchen habe ich damals gern große Sträuße gepflückt und nach Hause getragen. Ich finde sie immer noch schön, aber heute bleiben sie stehen.

„Na los, probiere es aus, dann weißt du Bescheid", wispern mir die grünen Blätter zu, die auf der feuchten Wiese stehen.

Ich greife nach einem. Nicht zu hoch anfassen, weiter unten am Stängel, und jetzt vorsichtig ziehen. Genau wie damals. Das Blatt rutscht aus seiner Hülse, das Ende des Stängels ist leicht rot. Grünkraut! So nannte es meine Urgroßmutter und erzählte, dass sie davon in ihrer Kindheit eine große Menge nach Hause holten und als Spinat zubereitet haben.

Die großen Blüten der Sumpfdotterblumen wetteifern gegen den Löwenzahn. All die gelben Blüten liegen wie kleine Sonnen auf der Wiese. Herr Löwenzahn hält sich lieber am Rand des feuchten Biotops auf.

„Na, sie wollen sich wohl keine nassen Füße holen?", frage ich ihn.

„Genau! Und ich möchte auch nicht ausgerupft werden. Ich weiß, dass du mich in deinem Garten überhaupt nicht magst und immer eifrig meine Wurzeln ausstichst."

„Das stimmt. In meinem Rasen hast du nichts zu suchen! Und trotzdem tauchst du immer wieder auf. Ich gebe zu, du bist Sieger!", antworte ich und denke daran, dass ich das leuchtende Gelb auf dem satten Grün sehr mag. Mehrfach habe ich aus den Blüten Löwenzahnhonig gemacht und die Bienen aus Katrins Bienenstöcken besuchen sie auch gern.

„Hallo, erkennst du mich nicht? Als Kind warst du immer traurig, dass du mich nicht pflücken durftest, weil ich geschützt bin."

„Wie sollte ich dich nicht erkennen. Deine gepunkteten Blätter und die lila – roten Blüten sind gut zu sehen. Und danke, dass du mir auch noch andere Familienmitglieder präsentierst. Ich kannte sie noch nicht", rufe ich der Lieblingspflanze meiner Kindheit zu.

Auf den feuchten Wiesen zu Hause gab es das gefleckte Knabenkraut auch. Eine Orchideenart. Ich erinnere mich, wie stolz ich meinem Biologielehrer eine Pflanze übergab und wie sehr er mich vor der Klasse rügte, weil sie unter Naturschutz steht. Wie lang ist das jetzt her?

Leise plätschern die kleinen Wellen des Barmsees gegen die Wurzeln der Bäume. Ein Foto mit See und den dahinter liegenden Bergen, deren Spitzen eine Wolke festhalten, muss sein, bevor ich weiter gehe.

Mein Telefon klingelt. Der Berta -Pilot meldet sich. Er hat die OP hinter sich, fühlt sich gut! Vor Freude möchte ich hüpfen wie ein Kind, doch das lasse ich. Mein Herz hat das bereits übernommen.

„Pflückst du mich heute gar nicht?", fragt mich die Pfefferminze, die ich frisch gebrüht eigentlich mag.

Ich antworte nicht. Das ist unhöflich, ich weiß, aber mein Kopf schreit immer noch freudig, dass alles gut wird. So erreiche ich den Rad- und Fußweg, der mich wieder zum Campingplatz führt.

Einmal noch wende ich mich an die zarten Pflänzchen, denn sie überraschen mich. Die Primeln in Rosa verraten mir, dass sie Mehl – Primel genannt werden. Als ich erwidere, dass Mehl doch weiß und nicht rosa sei, antworten sie leicht verstimmt: *„Na du bist ja super schlau!*

Haben wir uns diesen Namen gegeben? Ihr Menschen nennt uns doch so!"

„Entschuldigung", murmele ich.

Zu den großen tiefblauen Trichtern des nebenan stehenden Enzians sage ich: „Dich habe ich noch nicht erwartete. Ich dachte immer du blühst erst im Sommer und in den höheren Regionen. Aber ich freue mich, auf dich zu treffen."

„Ja dann kennst du uns noch nicht richtig! Du sprichst vom Bergenzian. Diese Mitglieder unserer Familie schlafen in der Tat noch, denn dort wo sie zu Hause sind liegt noch Schnee wie du wohl siehst. Aber wir, hier unten, müssen den Frühling mit einläuten. Dieses Jahr sind wir etwas früher, weil der April so warm war. Und ist nicht heute der 2. Mai? Das ist unser Monat."

Juni

Quereinsteiger

Immer zum Schuljahresende oder -beginn, geistert die Suche nach Quereinsteigern durch die Medien, weil Lehrer fehlen. Das ist fatal für die schulpolitischen Vertreter das Senats, aber auch für die Bundesrepublik insgesamt, weil nicht nur Berlin betroffen ist.

Ja, man nimmt sogar uns Alte gern wieder im Dienst auf, schließlich sind wir gut ausgebildet und erfahren. Ein großes Plus für das Berufsleben, wenn man von den Lebensjahren mal absieht. Und Botox wird hier wohl nicht helfen!

Ich war mein ganzes Berufsleben im Schuldienst. Die Hälfte davon Lehrer, die andere Hälfte Schulleiterin, was ja nicht bedeutet, dass man nicht mehr unterrichtet, also Lehrer ist.

Ich denke, ich kann ein bisschen mitreden.

Fakt ist, auch Lehrer altern. Und wenn das Durchschnittsalter eines Kollegiums weit über 50 ist, muss dringend Nachwuchs her.

Dass es in einer Metropole wie Berlin, die Lehrer ausbildet, zu ernsthaften Personalmangel kommt, ist nicht der Schule und den dort Tätigen anzulasten. Das muss man den von uns gewählten Vertreten an den Schaltstellen vorwerfen.

Ich habe einige Lehramtsanwärter kennengelernt, war auch bei den Prüfungen dabei. Es gab keine schlechten Ergebnisse und ich hätte sie gern an meiner Schule gehabt. Sie waren hoch motiviert, einsatzbereit und hatten super Ideen für die Unterrichtsgestaltung, wovon auch ich profitiert habe.

Also, ihr Elternvertreter und Gewerkschafter, ihr müsst unbedingt weiterkämpfen! Junge Lehrer müssen eingestellt werden, und die Ausstattung einer Schule mit Lehrkräften sollte um einiges mehr als 100% sein. Und stoppt die Flickschusterei, Reformen genannt, die ich erleben musste! Besonders dann, wenn es nicht wissenschaftlich begleitet wird.

Die Lehrer sollen lehren. Bürdet ihnen nicht ständig weitere Aufgaben auf!

Unterrichten ist schön! Ganz besonders dann, wenn man auf Kinder oder Jugendliche trifft, die was lernen wollen. Meistens ist das so, aber nicht immer. Wie im Leben halt!

Sich darauf einzustellen, innerhalb von 45 Minuten allen 24 Lernenden gerecht zu werden, ist das Wichtigste und das Schwerste zu gleich.

Wir alle sind individuell veranlagt und das trifft auch auf das Lernen zu. Es ist klar, dass es immer Schüler geben wird, die mehr Zeit brauchen und andere, die viel zu wenig Input erhalten. Klassen sind nicht homogen, auch nicht am Gymnasium.

Ich wollte meinen Schülern viel beibringen und wusste, dass das am besten gelingt, wenn ich sie gut kenne und individuell auf sie eingehen kann. Heißt also, ich muss den Lerntyp erkennen, um gezielt helfen zu können und bei der Unterrichtsvorbereitung darauf achten, dass für jeden das Passende dabei ist.

Sie wissen wovon ich schreibe?

Nein!

Macht nichts. Es sei denn, sie haben sich als Quereinsteiger beworben.

Nun gut, das Schulleben liegt längst hinter mir.

Es kam mir nur in den Sinn, als die Debatte zu den Quereinsteigern begann.

Ich habe 4 Jahre studiert, um Pädagoge zu werden. Methodik, Didaktik, Psychologie und Fachkenntnisse in Mathematik und Chemie.

Braucht es heute nur noch Fachkenntnisse?

Doch vielleicht haben es diese mutigen Personen leichter als ich denke!

Ich wünsche jeden von ihnen, der sich darauf einlässt, bestes Gelingen.

Ich drücke die Daumen, dass sie <u>nicht</u> an Migration, Mobbing, ADHS, LRS, Dyskalkulie, Inklusion mit zu wenig Personal und Stunden sowie den Helikoptereltern <u>verzweifeln</u>.

Für S

Du bist mir anvertraut.
Ich soll dich lehren,
die Welt zu sehen
mit deinen Augen.

Was zeige ich dir?
Was sage ich?
Ich suche deinen Schlüssel
und öffne dein Tor.
Gehen musst du deinen Weg allein.

Erschrecke nicht, wenn er steinig
und unüberschaubar ist.
Wähle deine Etappen.
Umwege sind erlaubt,
auch innehalten.

Du siehst kein Ziel?
Wie auch.
Der Weg ist das Ziel!
Gehe ihn.
Wenn du mich eingeholt hast,
werde ich nicht mehr da sein.

(Das Gedicht entstand beim Nachdenken über
meine Arbeit als Lehrerin. S steht für Schüler.)

Juli

Blau 1

Ich liebe Blau.

Ich bin überzeugt, blaue Augen zu haben, obgleich in meinen Papieren als Augenfarbe blaugrau eingetragen ist.

Schon als Kind trug ich gern blaue Kleidungsstücke. Ich fühlte mich wohl darin und später fand ich, die Farbe steht mir.

Nur die blauen Hände mochte ich nicht gern, wenn wir im Juli vom Blaubeersammeln kamen. Bis ein Wassereimer gefüllt war, hielt ich unzählig viele der kleinen Früchte zwischen den Fingern. Ich wollte sie nicht quetschen, um den stark färbenden Saft in den prall gefüllten Früchtchen zu lassen. Doch das gelang nie.

Wir fuhren stets zur Vierenstraße. Eine Haltestelle der Schmalspurbahn von Cranzahl nach Oberwiesenthal. Es gibt sie immer noch.

Dort wuchsen Heidelbeersträucher zuhauf. Man konnte sie nicht übersehen. Damals, als Kind, empfand ich die Beerensträucher unheimlich groß. In meiner Erinnerung sind sie hoch wie heute die Sträucher der Kulturheidelbeeren.

Die Pilze, auf dem Weg zu den besten Sammelplätzen, blieben natürlich nicht stehen. Schnell war der Korb gefüllt.

Eine Leidenschaft, die blieb. Ich sammle immer noch gern Pilze. Die Finger bleiben auch nicht sauber, aber sie werden nicht blau und lassen sich leichter reinigen.

Mein Litermaß, das durch einen Gürtel gehalten vor meinem Bauch baumelte, brauchte mehr Zeit, um gefüllt zu werden. Großes Lob gab es dann immer, wenn ich das Sammelgut in den Eimer goss. Natürlich hatte Oma ihr Gefäß immer schneller voll als ich. Doch das forderte mich heraus. Ich wollte Wettbewerb.

Wir nahmen stets den ersten Zug. Das war im Morgengrauen. Uroma erzog mich zur Frühaufsteherin und damals hatte ich nichts dagegen. Traten wir den Heimweg an, entstiegen Sommerfrischler den Zug und begannen ihre Spaziergänge oder Tageswanderung.

Der mit Blaubeeren gefüllte Wassereimer und der Korb voller Pilze wurden stets bestaunt und machten mich stolz.

Was dann zu Hause kam, war blöd. Das Laub musste aussortiert werden. Ich wollte nie diese kleinen Blättchen nach Hause tragen, und doch gelangten sie in den Eimer. Wenn ich über diese Arbeit schimpfte, erzählte meine Urgroßmutter, dass zu ihrer Kindheit Blaubeeren gekämmt wurden und da hätte man besonders viel Laub zwischen den Früchten gehabt. Nur seien die Finger dann erst zu Hause blau geworden.

Das gefiel mir. Gern hätte ich einen solchen Kamm besessen und stellte mir vor, ähnlich der Lorelei, zwar nicht auf einem Felsen, sondern mitten in den Blaubeerbüschen zu sitzen und auch nicht mein Haar, sondern die Früchte heraus zu kämmen.

Obwohl meine Oma sich große Mühe gab, mir einen solchen Kamm zu beschreiben, hatte ich keine richtige Vorstellung davon.

Erst jetzt, im Zeitalter des Internets, sehe ich mir Bilder davon an. Ich staune nicht schlecht, dass sie zum Kauf angeboten werden.

Soll ich mir den Kindheitswunsch erfüllen?

Ach was! Für das Pflücken meiner Kulturheidelbeeren im Garten benötige ich kein solches Gerät. Diese Beeren färben kaum und heute trage ich Handschuhe, wenn ich Früchte ernte.

Ost-Songs und Erinnerungen

Verhangener Sonntag, die Sonne bemüht sich, doch die Wolken sind stärker. Ich verbringe also mehr Zeit im Haus.

Wie immer begleitet Radioeins meinen Tag. Heute werden die besten 100 Ost-Songs gespielt. Vieles davon erkenne ich wieder. Nicht alles, zugegeben, aber die meisten schon. Meine Favoritin zu Ostzeiten, Veronika Fischer, ist auch dabei. Ich hätte gern so gesungen wie sie, aber ihre Lieder waren zu anspruchsvoll für mein Spiel auf der Klampfe. Ich konnte sie nur singen, nicht auf der Gitarre begleiten.

So war es auch mit Holger Bieges „Reichtum der Welt". Schwer zu singen für mich. Keine einfache Melodie, aber super guter Text.

Greta Thunberg müsste der Song gut gefallen. Holger Biege mahnte bereits 1979 an, wofür sie steht.

Plötzlich fällt mir ein: Hat Holger Biege eigentlich auch die Texte gemacht?

Ich muss in den Keller.

Holger Biege, Veronika Fischer, Klaus Renft Combo, Karussell, Reihard Lakomy und all die anderen Amigascheiben wirbeln Staub auf! Die Schutzhüllen sind abgegriffen, aber sie halten noch. Abspielen kann ich die Platten nicht mehr. Die alten Geräte sind entsorgt!

Hier ist eine Scheibe von Holger Biege. Nein, es waren seine Kompositionen. Die meisten Texte sind von Fred Gertz und Ingeburg Branoner.

Ein paar wenige dieser ehemaligen Ostkünstler habe ich zwar auf CD, aber eben nur wenige. Also noch ein Grund, das Radio ganz laut zu stellen, damit ich es in jedem Raum hören kann.

Knut Elstermann moderiert. Ich höre ihn gern, mag es, wenn er die neuesten Kinofilme vorstellt und lasse mich davon inspirieren. Erst am Freitag war ich im Kino, um „Yesterday" zu sehen und „Unsre kleine große Farm" steht für kommende Woche auf meiner Agenda.

Ein Film mit Beatles-Songs! Die Beatles, keine Ostband, aber meine Lieblingsgruppe damals, deren Songs mir beim Erlernen der englischen Sprache halfen, denn ich wollte die Texte verstehen.

Immer wenn ich Knut Elstermann höre, frage ich mich, ob er mit „meiner Frau Elstermann" zu tun hat.

Damals 1973, kam ich als junge Lehrerin nach Berlin und begann in Karlshorst an der Valentina-Tereschkowa-POS meine Tätigkeit. Sie wurde meine Kollegin. Ich übernahm ihre Klasse, die ich von der Fünften bis zur Zehnten führte und in Mathe sowie ab der Siebten in Chemie unterrichtete. Nie wieder habe ich eine Klasse so lange Zeit begleitet.

Wahnsinn wie lang das jetzt her ist. Bin ich schon so alt? Ich fühle mich noch gar nicht so. Aber schön ist es schon, nicht mehr zur Schule zu müssen!

Was ist das denn jetzt? „Unsre Heimat" - wie kommt das denn in die Top-100-Liste? Das Lied habe ich geliebt und als Chormitglied gern gesungen. Ich versuche mitzusingen, denn den Text beherrsche ich noch gut, aber die Stimme versagt und erstickt in Tränen. Wieso? Ich weiß es nicht. Es geschieht einfach.

Inzwischen ist Marion Brasch am Mikrophon und ich höre die Hitliste über den PC weiter, während ich schreibe. Das lenkt ab, weil ich ab und zu mitsinge. Und es gibt so wahnsinnig viele Erinnerungen, wie die:

Hartmut König bringt „Sag mir wo du stehst" mit dem Oktoberklub heraus. Das könnte ich mit der Klasse einstudieren und möchte es selbst gern zur Gitarre singen. Ich brauche Text und Noten. Also schreibe ich an den Oktoberklub, mit der Bitte mir dies zu schicken. Es kommt eine Antwort.

Hartmut König schickt mir den Text und die Noten, handschriftlich!

Im letzten Jahr habe ich diese Seiten meinem Schwager gegeben, der in seinen Internetshop „Altes" vertreibt. Wer die Handschrift wohl jetzt besitzt?

Inzwischen läuft „Käfer aufm Blatt" von „Chicorèe". Weiß noch jemand, dass sich dahinter Dirk Zöllner verbirgt? Ich freue mich sehr, dass er es unter die ersten 50 geschafft hat, dachte schon, er wäre vergessen worden, als ich mir verschiedene Nominierungen ansah. Dirk war einer meiner Schüler damals in Karlshorst. Ob ich ihn in Mathe oder Chemie unterrichtet habe, weiß ich nicht mehr, aber dass er in manchen Vertretungsstunden seine Gitarre mitbringen durfte und wir dann seinem Spiel und seiner Stimme lauschten oder auch gemeinsam sangen, habe ich nicht vergessen und er auch nicht. Denn als seine ehemalige Frau, Abini Zöllner, 2003 ihr Buch „Schokoladenkind: Meine Familie und andere Wunder" vorstellte, saßen wir zusammen und er erzählte mir davon.

Ja, es ist ein wunderbares Gefühl, wenn sich ehemalige Schüler gern an mich erinnern!

Inzwischen hat Anja Caspari übernommen. 40 Songs noch. Ich überlege, ob ich einen Tipp abgebe. Aber eigentlich weiß ich nicht, was ich wählen soll. Es gibt so viele schöne Lieder. Ich denke an Veronikas „Wenn ich eine Schneeflocke wär", aber das wurde viel zu wenig nominiert. Anders dagegen Holger Bieges „Sagte mal ein Dichter".

Doch nein, so viele tolle Titel wurden noch nicht gespielt und es stehen nur noch 24 davon aus. Wo sind Cilly und City? Bestimmt liegen sie ganz vorn.

Nun, um 19.00 Uhr werde ich es wissen!

August

Apfelernte

Alle 2 Jahre verwöhnen mich meine beiden Apfelbäume mit reicher Ernte. Glücklicher Weise nicht zum gleichen Zeitpunkt, denn es handelt sich um einen Sommerapfel und einen Späteren.

Dieses Jahr wird kein gutes Erntejahr werden, die Blüte fiel schon mager aus. Noch schwanke ich, ob ich mich darüber freuen oder ärgern soll.

Meist beginnt die Ernte im August, nur im letzten Jahr bereits Anfang Juli. Glücklicherweise ist der andere Apfelbaum ein Später. Seine Früchte reifen erst im Herbst und können bei entsprechender Temperatur auch eine Weile gelagert werden.

Ich will mich nicht beschweren, denn die Äpfel schmecken prima, sind absolut Bio, allerdings nicht so groß wie die im Supermarkt. Doch gibt es da eigentlich Sommeräpfel?

Wie gesagt, letztes Jahr, der Sommerapfelbaum trägt reichlich Früchte und so schnell, wie die den Baum verlassen möchten, können wir sie nicht verzehren. Goldmarie hatte es leichter, denke ich, sie musste die Äpfel nur aufsammeln, ich aber bin auch mit der Verwertung beschäftigt. Also werde ich „Apfel gesteuert" und die Steuerung wird von Wats App unterstützt.

Meine Schwiegertochter wünscht sich Apfelgelee mit Vanille!

Mein Enkelkind Apfelmus und schreibt: „Du weißt ja Oma, ganz fein soll es sein, bitte schäle die Äpfel vorher."

Mein Sohn postet aus dem Urlaub: „Ach Mom, wenn ihr bei uns nach dem Rechten seht, dann nimm dir die Sommeräpfel mit und mach was Schönes draus. Die müssten jetzt reif sein."

Na klasse! Ruft mein Kopf. 2 Bäume abernten! Und dann noch alles verwerten! Wie soll ich das schaffen?

Mein Mann meint: „Lass die Dinger doch liegen. Irgendwann faulen sie weg."

Vergammeln lassen? Das geht gar nicht! Dann besser verschenken, es werden sich schon Abnehmer finden.

Eiskalter Sommertag

Die Sonne scheint, als wir die 307 Meter hohe Wand über den steilen, gewundenen Pfad erklimmen. Der eisige Wind schlägt uns in die Gesichter. Es fühlt sich an wie Nadelstiche. Ab und zu bleibe ich kurz stehen und schließe die Augen, so schmerzhaft empfinde ich den Wind.

Nur keinen Fehltritt, denn das lose Gestein könnte alle in Gefahr bringen. Aber wir schaffen es!

Wir haben Glück mit dem Wetter, denn im Nebel hätten wir nicht ankern können, hätten wir den Einstieg nicht gefunden, wäre der Aufstieg nicht möglich gewesen.

Nicht bei allen Teilnehmern ist die Kleidung für unser Vorhaben angemessen genug. Ich selbst bin warm verpackt. Nur mein Gesicht musste ich dem unerbittlichen Sturm freigeben.

Wir sind keine Sami, keine Kinder der Sonne und des Windes, die unter diesen unwirtlichen klimatischen Bedingungen leben. Wir sind Besucher am Nordkap. Besucher dieser polaren Landschaft in Europa, von wo aus man weit auf den Arktischen Ozean schauen kann, sich auf dem Dach der Erde wähnt.

Oben angekommen, entferne ich mich von der Besuchergruppe. Folge einem ausgetretenen Pfad und wenn ich den Kopf hebe, um den weiteren

Verlauf zu erfassen, dann endet er am nahen Horizont. Was wird mich dort erwarten, frage ich mich und sehe den Nebel aufsteigen. Besser zurück zur Gruppe gehen, bevor ich ganz eingehüllt bin.

Das denke ich mir bei der Betrachtung der Ausstellungsnischen mit historischen Szenen, während ich mich im Pavillon des Nordkaps durch den Tunnel vom Kinosaal in die Grotte begebe. Und ich bin froh, dass ich diesen beschwerlichen Weg nicht gehen muss.

Heute ist der 13. August und ich erlebe einen eiskalten Sommertag.

Pünktlich 13.00 Uhr haben wir im Hafen von Honningsvag angelegt. Ein Bus bringt uns ans eigentliche Ziel, dem Nordkap!

Die Straße verläuft durch unwirtliches Gebiet. Ab und zu weiden Rentiere.

Auf der dünnen Bodenschicht, die die Felsen bedeckt, gedeihen kein Baum und kein Strauch. Nur winzige Bodendecker trotzen den Widrigkeiten. In kleinen Senken hat sich Regenwasser gesammelt und stillt den Durst von Wollgras sowie anderen winzigen Gewächsen.

An einem Bergsee wurden Ferienhütten gebaut und einige Wohnmobile stehen ebenfalls hier. Ein schöner Ausgangspunkt für Wanderungen auf diesem kargen und dennoch interessanten Archipel.

Ja, ich hätte Lust hier zu wandern! Aber ich bin auf Kreuzfahrt. Dafür ist also keine Zeit.

Als ich die Felswände betrachte, die zum Teil für diese Straße weichen mussten, denke ich an die Troll-Geschichten, die in den Mythen und Märchen der Norweger eine wichtige Rolle spielen. Wenn man genau hinsieht, wird man sie entdecken, habe ich gelesen. Also schaue ich genau hin und entdecke eine Katze in Sitzposition. Welchem Troll wird die wohl gehören? Und während ich das denke, entdecke ich ihn. Seine Augen blitzen kurz auf und die Handbewegung signalisiert *„beeile dich, das Wetter wechselt bald"*, und schon ist er wieder verschwunden und unser Bus hat den Aufstieg geschafft. Nun habe ich wieder Blick auf Fjord und Berge.

Ein wenig später zweigt links von uns eine Straße ab. Sie ist schnurgerade und es hat den Anschein, als verlaufe sie ins Nichts. Endet die

Insel dort? Stürzt man da ins Polarmeer? Der Horizont zwischen Himmel und Fels gibt keine Antwort auf meine Frage. Kurz danach stoppt der Bus.

Während ich die Kapuze meiner Daunenjacke festzurre, und die Handschuhe überstreife, frage ich mich, wohin zuerst? Die stählerne Erdkugel ist bereits gut besucht.

Also ein Rundgang. Ankämpfen gegen die Wucht des eisigen Windes, der das Atmen erschwert, die Schritte verzögert oder bei Richtungsänderung beschleunigt.

Wir stapeln eine kleine Steinpyramide aus den flachen, gut aufzuschichtenden Felsstückchen und freuen uns, dass sie dem Sturm trotzt.

Rasch haben wir alles Sehenswerte außerhalb des Pavillons betrachtet, die obligatorischen Fotos vor der Erdkugel, bei der uns noch Sonnenschein vergönnt ist, gemacht und auf das Meer geblickt.

Bin ich auf dem Dach der Welt? Sicher nicht, aber ich bin an dem Ort, den die Urbevölkerung als „Finis Terrae" wähnte.

Gern würde ich noch weiter hier verweilen, im Zwiegespräch mit meinen Gedanken, aber mir ist kalt. Ich brauche Wärme und so begeben wir uns in den rettenden Pavillon.

In der bis zur Busrückfahrt verbleibenden Zeit, schauen wir den Film, der uns das Leben – eigentlich müsste man es Überleben nennen – in dieser Gegend in allen 4 Jahreszeiten, und die gibt es tatsächlich, zeigt. Wir betrachten die anderen Ausstellungen, kaufen ein paar wenige Andenken und ich schreibe Postkarten für die zu Hause gebliebenen. Nur wenn ich sie hier dem Postkasten übergebe, werden sie den Stempel vom Nordkap bekommen. Und genau so soll es sein.

Mein Mann schaut auf die Uhr. Wir müssen gehen, meint er. Also wieder hinaus in die Kälte, die ich jetzt, ohne Sonne, eingehüllt in Nebel, noch stärker empfinde.

Geschoben vom frostigen Wind, frage ich mich woher der Nebel so schnell gekommen ist.

Dabei weiß ich es längst. Der Troll kocht sich eine warme Suppe! Er hatte mich gewarnt.

September

Blau 2

Ich liebe Blau. Blau als Farbe, nicht als Zustand!

Zugegeben, diese Erfahrung habe ich auch schon gemacht. Damals, als ich noch jung war. Verbunden sind damit lustige, aber auch unangenehme Begebenheiten.

Lustig war, dass ich mich nach Alkoholeinfluss stets sehr unbeschwert fühlte, viel lachte, mir auch Dinge über die Lippen kamen, die ich im nüchternen Zustand weniger zu sagen gewagt hätte. Und ich bekam dann auch stets einen enormen Bewegungsdrang, den ich in Tanzen umsetzte. Wurde ich nicht aufgefordert, dann bat ich mich selbst um einen Tanz. Tanzschritte zu beherrschen war gar nicht so wichtig. Ich wollte mich nur im Rhythmus bewegen, mich drehen und drehen und war dann heilfroh, wenn mich starke Arme auffingen. Glücklicherweise fand ich meist einen Tanzpartner, der genau so gern lachte wie ich und deren Arme stark waren. So tanzte ich mich müde.

War der Alkoholpegel noch im grünen Bereich, dann waren Heimweg und Einschlafen kein Problem. Ich ließ ein Bein unter der Bettdecke hervor lugen und die Kreise im Kopf bewegten sich weniger stark, kamen dann ganz zum Stillstand und plötzlich war es morgens.

Nach solchen mehrfachen Übungen wusste ich, wie viel ich vertragen kann und sagte rechtzeitig „stopp!"

Doch, wehe, wenn...

Einmal, wir waren in den Semesterferien mit der Theatergruppe unterwegs, um das neue Stück zu proben und saßen am Abend in lustiger Runde zusammen. Ich spielte ein paar Lieder auf der Klampfe, wir sangen gemeinsam und waren fröhlich. Das macht durstig und so wurden die Bierrunden zahlreich.

Stopp, sagte mein Körper und auch mein Verstand. Doch den starken Armen gefiel das nicht so recht.

Ich wusste nicht, dass sie sich vorgenommen hatten, herauszufinden, wann ich abgefüllt bin und war dumm genug, mich noch zu einem letzten Bier überreden zu lassen.

Alle sollten es auf ex trinken und danach Schluss sein.

Was soll schon passieren dachte ich und ließ mich darauf ein.

Mein Bier war präpariert mit Hochprozentigem! Ich sah es dem Gebräu nicht an und schluckte bis das Glas leer war.

Die Wirkung ließ nicht lange auf sich warten. Es haute mich um!

Auf eigenen Beinen den Schlafraum zu erreichen, war nicht möglich. Wie viele starke Arme mich dahin trugen weiß ich nicht, aber dass sie anschließend noch viel zu tun hatten, erzählte man mir am nächsten Morgen ausführlich.

Einige Zeit später, landete ich beim Tanzen in den Armen eines Mannes, die mich bis heute gut halten.

Nun bin ich die Jahre gekommen. Die Zipperlein benötigen Medikamente und diese vertragen sich nicht so gut mit Alkohol. Deshalb überlasse ich die Option des Trinkens meinem Mann und lenke das Auto auf dem Heimweg.

Märchenwald & Träumerei oder Zukunft?

Ich bin gern im Wald. Er flößt mir keine Angst ein. Es ist eher Geborgenheit, die er für mich ausstrahlt.

Das war schon in Kindertagen so und es verwundert mich selbst, denn die Märchen der Gebrüder Grimm, die mir vorgelesen wurden, führten in den Wald und waren etwas gruselig.

Wie auch immer. Ich mag den Geruch nach harzigem Holz, modrigem Waldboden und Pilzen. Ich liebe die verschiedenen Grüntöne vom weichen Moos, lausche gern den Vogelstimmen, erschrecke kurz, wenn ich Tiere, meist Rehe, aufgescheucht habe und sie davon stoben. Doch unmittelbar darauf erfreue ich mich am Licht der einfallenden Sonnenstrahlen, in denen Insekten schwirren, um einen neuen Landeplatz zu finden.

Je nach Jahreszeit hält der Wald immer etwas Besonderes für mich bereit. Ich entdecke es gern und erfreue mich daran.

Meine Freundin ruft an und fragt mich, ob ich morgen Zeit habe. Sie könne sich frei nehmen, das Wetter soll sehr schön werden, wir könnten wandern.

Wandertag, super! Wohin diesmal? So schnell die Frage gestellt ist, so schnell ist sie auch beantwortet.

In den Wald! In den Wald, der dem geplanten Tesla-Werk weichen soll.

Wir wandern und haben uns viel zu erzählen.

In unsere Unterhaltung fließen auch das Gehörte und Gelesene zum geplanten Werk ein. Wir möchten uns eine Meinung bilden und argumentieren aus unterschiedlichen Sichtweisen. Wir befürworten. Wir lehnen ab. Wir lassen nichts aus.

Auf dem Rückweg entdecken wir auf dem Gelände des Logistikzentrums einen abgestellten Lamborghini.

Ist Elon Musk hier, um „sein" zukünftiges Areal zu inspizieren? Aber nein, der würde doch eher einen „Tesla" lenken, oder? Wir witzeln darüber und aktivieren unsere englischen Sprachkenntnisse. Man kann ja nie wissen!

Am Abend dann, tausche ich mit meinem Mann die Gedanken dazu aus. Tesla ist präsent in meinem Kopf.

Die frische Luft und die zahlreich zurück gelegten Kilometer, haben mich müde gemacht. Ich freue mich aufs Bett und schlafe rasch ein.

Dann liege ich im Moos, schaue in die Baumwipfel und höre eine krächzende Stimme.

„Komm mit. Flieg mit mir. Wir schauen uns den Wald von oben an. Wohin willst du zuerst?"

Ich muss gar nicht antworten. Schon sind wir unterwegs. Und die Geräusche der nahen Autobahn, sowie der Landstraße verstärken sich. Ein Zug rollt über die Gleise der Bahnstrecke aus Richtung Fürstenwalde kommend. Das alte Bahnhofsgebäude von Fangschleuse ist winzig und auf dem schmalen Bahnsteig ergießt sich eine Masse von Menschen, die der Zug entlässt. Wo wollen die hin?

Während mein Kopf die Frage stellt, sehe ich es bereits. Ein gigantisches Werksgelände liegt unter uns, dort wo eben noch Wald war.

Selbstfahrende Busse bringen die Menschenmasse vom Bahnhof hier her. Das Werk nimmt sie auf. Ich kann nicht erkennen, was unter dem Dach geschieht. Doch das Gebäude verlassen Fahrzeuge, die in Richtung des alten Bahnhofgeländes vom Logistikzentrum in Freienbrink fahren.

Auf den Gleisen, auf denen ich am Morgen noch von Bahnschwelle zu Bahnschwelle getänzelt bin, stehen Züge. Er ist wieder aktiv und viel größer. Die Güterwagons nehmen die Autos auf. Wie viele Fahrzeugen passen auf einen Zug?

Aus Richtung Autobahn kommen große Lastzüge und bringen Material für die Fabrik.

Wie emsige Ameisen bewegen sich Materialtransporte in und Fertiges aus dem Werk.

Mein Fluggefährt verliert an Höhe und neigt sich auf die Seite. Ich gerade ins Rutschen und finde kaum mehr Halt. Erschrocken schreie ich auf!

Das hat meinen Mann geweckt. Er holt mich aus meinem Traum.

Oktober

Herbstferien

Die ersten Ferien im neuen Schuljahr und an der neuen Schule. Mein Enkelkind freut sich auf eine Woche Reiten. Dazu fahren wir ins Erzgebirge zu meinem Bruder und meiner Schwägerin, die einen Reiterhof betreibt.

Das ist sehr ungenau beschrieben, ich weiß, denn wer Reiterhof hört, denkt bestimmt an ein schickes Gehöft. Pferde werden longiert und man reitet in einem abgegrenzten Bereich. Nein, so ist es nicht. Sie steht für Wanderreiten.

In ihrem Stall tummeln sich 13 Pferde. Nicht alle gehören ihr, die meisten sind Pensionsgäste.

Und wieder bin ich nicht korrekt, denn eigentlich sind die Tiere bei Wind und Wetter draußen. Sie kommen in den Stall, wenn sie es möchten, oder wenn die Reitmädchen sie von der Wiese holen, um sie für einen Ausritt vorzubereiten. Sie werden dann gestriegelt, geputzt und gesattelt. Kontaktaufnahme nennt Katrin das. Es wird Vertrauen zwischen Reiter und Tier hergestellt.

Mein Enkelkind kennt alle Pferde beim Namen. Ich dagegen, muss fragen welches Tier mich tragen wird. Ehrlich gesagt, bin ich immer froh, wenn ich den Hof hüten darf. Was ich wiederum auch nicht tue. Ich verschwinde lieber im nahen Wald und sammle Pilze und Beeren. Das liebe ich!

Doch in diesen Herbstferien obliegt mir eine andere Aufgabe. Mein Sonnenschein, das ist der Kosename für mein Enkelkind, bittet mich, ihr bei einer langfristigen Hausaufgabe zu helfen.

„Oma, hilf mir bitte. Du kannst das gut. Du hast doch so viel Ahnung von Pflanzen!"

Mit diesem Satz fühle ich mich zugleich geschmeichelt und herausgefordert.

So schlendere ich den Feldrain entlang, blicke hier und dort hin und bald grabe ich die ersten Exemplare aus. Das ist gar nicht so einfach. Das Grünzeug möchte wissen was mit ihm geschieht!

„Hee, wieso buddelst du mich aus? Ich werde vertrocknen und kann aus meinen letzten Blüten keine Samen mehr bilden!", beschweren sich die Pflanzen.
„Ich habe etwas ganz Besonderes mit euch vor. Es trifft zu was ihr mir vorwerft, aber ihr werdet in eurem jetzigen Zustand verewigt."

„*Was ist das – verewigt?*"

„Ich erkläre es euch. Die Aufgabe erfordert, die Pflanze mit Stängel, Blatt, Blüte und Wurzel zu pressen. Aus jeder der vorgegebenen Familien dürfen es immer nur zwei Vertreter sein. Verboten sind geschützte Pflanzen und Kulturpflanzen."

„*Wieso meinst du, ich sei nicht geschützt?*"
„*Wer legt das denn fest?*"
„*Bist du wirklich sicher, dass ich keine Kulturpflanze bin?*"

„Na nun mal nicht alle durcheinander! Ich werde eure Fragen beantworten.

Also, ihr alle gehört <u>nicht</u> in die Gruppe der geschützten Pflanzen. Das weiß ich sicher. Es gibt euch zahlreich, und ihr seid weit verbreitet. Wer festlegt, ob eine Pflanze zu einer geschützten Art gehört, kann ich euch nicht genau sagen. Es gibt eine Bundes-artenschutzverordnung, in der die geschützten Pflanzen aufgelistet sind. Glaubt mir einfach, ihr gehört nicht dazu. Außerdem wird es bald frostig und ihr erfriert. Nur die Wurzel übersteht die kalte Jahreszeit, damit ihr im

Frühling wieder austreiben könnt. Schaut euch doch mal um, so Vieles blüht gar nicht mehr. Die Vegetationsperiode in Mitteleuropa neigt sich dem Ende, und bis alles wieder in Blüte steht, ist der Abgabetermin – Ende April des nächsten Jahres – längst erreicht. Also freut euch. Ihr werdet konserviert."

„Mag ja sein, dass du Recht hast, aber danke sage ich trotzdem nicht!"

„Nun sei nicht zickig! Stell dir vor, bald landest du auf einem sauberen Blatt, wirst beschriftet mit Namen, Fundort und Datum. Dann gehörst du mit den anderen Pflanzen einem Herbarium an. Klingt doch gut – Herbarium -! Du sorgst für eine gute Note in Biologie und ich werde die Sammlung immer mal wieder betrachten. Versprochen!"

„Hört sich gut an, zugegeben, obwohl ich immer noch nicht weiß, was das alles bedeutet. Und wieso sind wir keine Kulturpflanzen?"

„Im Duden steht dazu: Pflanze, die man zu nützlichen   Zwecken   zieht."
„Ach, du suchst uns, buddelst uns aus und wir sind nicht nützlich?"

„Ich würde es so formulieren, alle Pflanzen, die ich in meinem Garten ganz gezielt anbaue, um sie zu verzehren oder weil ich mich an ihren Blüten erfreue, oder weil sie als Blattpflanze das Gesamtbild meines Gartens gestalten und verschönern, nenne ich Kulturpflanze."

„Du kannst uns viel erzählen! Wir haben ohnehin keine Wahl. Einer tritt uns kaputt. Ein anderer reist uns ab und wirft uns dann weg. Wenn uns ein Pferd abfrisst, macht das ja noch Sinn. Zumindest hast du mich einigermaßen sanft behandelt, bis auf zwei Wurzelenden, die abrissen!"

Am Abend ist mein Enkelkind mit meinem Sammelergebnis sehr zufrieden.

Jetzt beginnt ihre Arbeit. Das Pressen muss vorbereitet werden. Die Zuordnung zur jeweiligen Familie und die Namen im üblichen Sprachgebrauch sowie im Lateinischen muss sie selbst herausfinden. Schließlich ist es ihre Hausaufgabe.

Mittels Bücher und Internet gelingt das gut. Das „www" tragen wir ja immer bei uns. Bücher mussten wir nicht mit auf die Reise nehmen, denn

Katrin hat nicht nur Pferde. Sie hat als gelernte Bibliothekarin auch sehr, sehr, viele Bücher.

Und es findet sich eine Presse! Diese hat sie von ihrer Mama übernommen, die aus gepressten Pflanzen Bilder gestaltet. Also wirklich, sehr gute Voraussetzungen zum Erledigen dieser Hausaufgabe und so kommt mein Sonnenschein gut voran.

Geschwistertreffen

Kinderreiche Familien sind heute selten geworden. Ich jedoch, entstamme einer solchen.

Wir waren sechs an der Zahl und haben uns als Erwachsene ein wenig in der Republik verteilt.

In den Kindertagen war es leicht, uns an einem Tisch zu versammeln. Jeder hatte seinen festen Platz. Wenn wir heute zusammentreffen, werden aus sechs immer zwölf Personen, denn keiner von uns kommt allein.

Das dann bei einem zu Hause zu stemmen, wäre sehr aufwendig. Ganz zu schweigen von den Übernachtungsmöglichkeiten. Und so treffen wir uns wenigsten einmal im Jahr irgendwo in diesem Land, in einem Hotel.

Dieses Jahr waren wir im Thüringer Wald.

Während ich den Koffer packe, erinnere ich mich, dass wir im letzten Jahr unsere selbst gemachten Produkte ausgetauscht haben. Jeder beschenkte den anderen und erhielt Geschenke zum Aufessen. Mal sehen was es dieses Jahr gibt.

Steffi ist immer unwahrscheinlich kreativ. Was die alles so macht! Ihre Chips aus Topinambur finde ich gut und die Baumkuchenspitzen sind auch verdammt lecker.

Katrin, eine Schwägerin, mopst immer ihren Bienen den Honig für uns. Ich persönlich, nehme ihr auch gern Pferdeäppel ab, um meine Beete fruchtbarer zu machen. Aber das ist kein Mitbringsel bei unserem Treffen.

Elke und Jürgen züchten Kaninchen, gewannen schon viele Preise und muss ein Tier geschlachtet werden, dann experimentieren sie mit Kaninchenfleisch. Da wird auch mal Wurst draus. Die schmeckt zwar, aber ist optisch nicht der Renner. Wenn sie räuchern, gelingt immer ein toller Schinken. Doch am meisten mag ich Kaninchenbraten! Allerdings steht uns die Hotelküche nicht zur Verfügung und so bleibt das eine Vorfreude auf den nächsten Besuch bei ihnen in Bärenstein.

Unsere Jüngste versorgt uns immer mit Trinkbarem. Was wir stets gleich vor Ort aufbrauchen und in gute Stimmung geraten. Auch die „aufgewärmten" Missetaten aus Kindertagen tragen sehr zur Belustigung bei und der Lärmpegel steigt stark an. Wenn wir uns später auf unsere Zimmer zurückziehen, spüren wir noch wie aktiv die Lachmuskeln waren.

Monika und Lutz verteilen Hüftgold. Dass die Naschereien aus Monikas Konditorei ungeheuer lecker sind, beschreibe ich an anderer Stelle.

Und was steuere ich bei? Von mir gibt es nur Aronia-Marmelade. Die Sträucher in meinem Garten trugen so reichlich Früchte, dass ein großer Vorrat entstand, den wir allein nie schaffen können. Aronia-Produkte vertreiben besonders Bioläden.

Das passt. Bio ist meine Marmelade auch!

November

Novembertag

Der morgendliche Himmel voller dicker, grauer Wolken, aus denen es unentwegt tropft. Da hat die Sonne keine Chance, auch wenn sie sich noch so viel Mühe gibt. Die Wolken gewinnen.

Am Bahnsteig stehen mehr Menschen als sonst. Viele jüngere Leute. Heute bleibt das Fahrrad im Keller, sie nehmen die Bahn.

Ich treffe auf prominente Personen.

Zuerst entdecke ich Al Capone. Ja, er ist riesig. Ich muss zu ihm aufschauen und hätte gern seine Gesichtszüge wahrgenommen, aber die Krempe seines großen Hutes verdeckt das Gesicht und trifft direkt auf den Trenchcoat.

Ein Stück weiter steht DJ Ötzi. Ganz in Weiß trotzt er dem Wetter. Ganz schön mutig, denke ich, weil ich heute bewusst den schwarzen Anorak wählte. Na gut, die S-Bahn fährt nicht durch schmutzige Pfützen. Vielleicht trifft er nicht auf Autos. Oder hat er nach der Schule ein Date? Dann muss er besonders strahlen! Außerdem unterstützt das Weiß seine sonnenstudiogebräunte Haut.

Ich bemerke, wie sich mein Gesicht zu einem Lächeln entspannt. Ich wäre gern an seiner Stelle. Ein Date! Einen geliebten Menschen treffen, zärtliche Worte flüstern, das Prickeln der Berührung spüren. Schön, dass es dich gibt!

Nun treffe ich auf Jack The Ripper. Unheimlich diese dunkle Gestalt. Schnell weiter! Vielleicht spürt er Lust auf ein kleines Verbrechen und stößt mich vor die einfahrende Bahn. Nein, dazu bekommt er keine Chance.

Romeo und Julia sind auch schon auf den Beinen. Wie glücklich sie sind. Sie turteln, küssen sich ungeniert und besprechen gleichzeitig ihre Probleme. Ob sie sich so leichter lösen lassen?

Während die Bahn einfährt, überlege ich, wie die Leute mich wohl wahrnehmen.

Zu einer Antwort komme ich nicht. Mein Lieblingsplatz ist frei. Ich fingere die Brille aus der Tasche, ergreife mein Buch und erfreue mich an den Zeilen.

Die Ein- und Aussteigenden nehme ich nicht mehr als Bild wahr, denn die Buchstaben fesseln mich. Doch die Personen in meiner näheren

Umgebung werden nun zu Gerüchen. Die Gerüche lenken mich ab. Hat mein Nachbar lange nicht geduscht? Auf alle Fälle ist er Raucher. Ich wende mich etwas zur Seite. Ja, so ist es besser. Meine Nase atmet neutraler. Ich kann mich wieder an der Lektüre erfreuen.

Am nächsten Bahnhof muss ich umsteigen, den Abschnitt zu ende lesen und das Buch einpacken, Brille verstauen, fertig. Genau richtig.

Ich erhebe mich und nehme den Duft eines jungen Mädchens wahr. Er ist angenehm. Wie dieser Duft wohl heißt? Aber wahrscheinlich passt er gar nicht zu mir. Immerhin trennen uns viele Jahre. Sie könnte meine Enkelin sein.

Auf der Treppe zum höher gelegenen Bahnsteig schiebt sich die graue Masse zusammen. Keine Lücke bleibt frei. Oben ertönt das SOS der Türen. Ich will meine Schritte beschleunigen. Doch nicht ich bestimme die Geschwindigkeit des Treppensteigens. Der Strom nimmt mich mit. So gleite ich nach oben, schiebe mich nach vorn an die Bahnsteigkante und warte auf die nächste Bahn. Nur eine Station fahre ich. Also in Türnähe bleiben. Dann bin ich am Zielbahnhof. Wieder verschmelze ich mit dem Menschenstrom, der beim Verlassen des Bahnhofs dem Gegenstrom ausweichen muss, bis ich endlich ausbrechen und meinem Schrittmaß folgen kann, um mich in die nächste Menschengruppe einzureihen. Wir erwarten die Tram.

Neben mir steht ein junger Mann, der sicher zur Behinderten Werkstatt möchte. Er popelt ungeniert in der Nase und dann, dann schmiert er mir das Ergebnis der Bohrung an die Jacke.

„Du Schwein", schreie ich und werde zum Anziehungspunkt aller Blicke. Ich möchte im Erdboden versinken oder davonlaufen. Beides geht nicht. Meine Hand in der Tasche ballt sich zur Faust, aber sie schlägt nicht zu. Nur das Taschentuch hält sie fest und hilft bei der schnellen, notdürftigen Reinigung.

Die Bahn kommt, und schon nach wenigen Minuten entlässt sie mich wieder.

Endlich im Freien. Tief durchatmen, den Schreck abschütteln. Der Regen hat die Luft vom Staub befreit.

Alles sauber, nur ich fühle mich schmutzig.

Schreibblockaden

Wenn ich einmal im Monat die Schreibwerkstatt besuche, neide ich den andern die guten Einfälle, die zu Texten wurden.

Warum fällt mir nichts ein? Manchmal bin ich dann geknickt, weil ich nichts geschrieben hatte. Zumindest nichts, das sich zum Vorlesen eignet. Wer will schon wissen was auf meinem Einkaufszettel steht!

„Nulla dies sine linea." (Kein Tag ohne Zeile.) So prangt es über der Tür, wenn man die Museumsräume betritt. Von Plinius dem Älteren soll dieses Zitat stammen, habe ich gegoogelt. Gerhart Hauptmann hatte es zu seinem Leitspruch gemacht.

Wie gern würde ich das auch für mich gelten lassen!

Aber es funktioniert nicht. Nicht einmal Tagebuch schreibe ich täglich.

Meine Finger kreisen über der Tastatur. Sie wollen tätig werden, aber der Kopf sendet nicht die richtigen Impulse.

In Fachkreisen, zu denen ich nicht zähle, heißt das SCHREIBBLOCKADE.

Was ist es bei mir?

„Lass es sein, du kannst es einfach nicht!", sagt mein Kopf. Aber das will ich nicht gelten lassen. Denn manchmal freue ich mich über getippten Buchstaben, die Worte sind und zu Sätzen werden. Und ich möchte das gern mit anderen teilen. Ich möchte Leser haben, anderen sagen was mich beschäftigt.

Nimm doch mal an einem Schreiblehrgang teil!

Angebote dafür gibt es zahlreiche. Dass sie so gut besucht werden, habe ich nicht vermutet. Als ich mich für den Lehrgang „Roman schreiben" anmelde, lande ich zunächst auf der Warteliste.

Das Schicksal ist lieb zu mir. Irgendwer, sicher auch so ein schwankender Kandidat wie ich, hatte dann doch etwas Besseres vor und ich rücke nach. Das beschert mir zwei Sonnabende mit Input zum genannten Thema.

Meine Mitstreiterinnen, wir sind eine reine Frauengruppe, bringen unterschiedliche

Erfahrungen mit. Doch uns eint ein Ziel. Ein ganzes Buch schreiben. Vielleicht einen Roman!

Den Input sauge ich erwartungsvoll auf. Ich notiere das „Kochrezept", nach dem ein Roman entsteht, voll Freude. Doch dann, in der kreativen Phase des Anwendens, verspannt sich mein Gesichtsausdruck.

Wäre es mir besser gelungen, wenn wir nicht gerade dieses Detail bearbeiten sollen?

Verdammt! Ist das nun eine Hauptzutat, oder nur ein Gewürz?

Alle pinseln oder tippen auf der Tastatur des mitgebrachten Laptops.

Meine Heftseite bleibt leer, die Zeit aber nicht stehen.

Ich muss was schreiben!

Der Sekundenzeiger meiner Uhr hüpft weiter. Er erfüllt seine Aufgabe.

Und ich?

Los, schreib was, befielt mein Kopf!

Ich nehme den Stift und beginne mit dem Schreiben. Ich schaffe eine halbe DIN A4 Seite. Nicht besonders viel, aber es steht was da. Vielleicht brauche ich nicht vorlesen. So versuche ich die Unruhe in mir zu bändigen.

Nun lausche ich dem Vorlesen der anderen.

Die Begeisterung darüber zaubert Lächeln und Anerkennung in meine Mimik. Die haben es gut, denke ich bei den positiven Feedbacks.

Die Zeit reicht auch noch, dass alle meinen Text hören können. Bevor ich mit dem Lesen beginne, sende ich noch eine Entschuldigung für die „Kürze" aus.

Ich kann in keinen Spiegel schauen und weiß dennoch, dass mein Kopf hoch rot ist. Das Blut pulst in den Schläfen, mir ist heiß und kalt zugleich.

Kippe ich jetzt vom Stuhl? Nein!

Meine Lippen formen die Worte, die ich zu Papier gebracht habe. Ich vernehme meine Stimme, die nicht schwankt. Ich lese laut und deutlich das Geschriebene.

Mehr ist es nicht geworden, ende ich.

Die Angst vor den Auswertungssätzen packt mich. Die Anfangsworte vernehme ich kaum. Aber dann!

„Mit diesen Worten haben sie einen Spannungsbogen aufgebaut. Der nächste Satz muss weg. Keine Erklärung! Der Leser möchte selbst darüber nachdenken. Später, beim Weiterlesen, wird er merken, dass sie die gleichen Gedanken hatten. So wird er bei ihnen sein."

Danke für diese Aussage, die mich ruhiger werden lässt.

Das Herz schlägt weniger schnell und der Kopf findet weitere Worte. Ich kann wieder schreiben.

Dezember

Weihnachten mit Elisen

„Alle Jahre wieder...", so beginnt ein Weihnachtslied.

Alle Jahre wieder sprinten wir in der Adventszeit, um Geschenke für das Fest zu kaufen.

Schön ist es, wenn ein Wunsch geäußert wurde, der erfüllbar ist.

Noch besser, wenn man selbst eine Eingebung hatte und die Überraschung richtig gut ankommt.

Doch gelingt das?

Vielleicht noch mit Geschenken für Kinder.

Wahrscheinlich sind wir Erwachsenen wunschlos glücklich, oder die Wünsche sind einfach zu groß.

Doch nein, wenn ich es richtig bedenke, ist man als Erwachsener, und dann noch im gestandenen Alter, in der Lage, sich seine Wünsche selbst zu erfüllen!

Sind sie überschaubar, bedarf es nur eines Einkaufs.

Sind sie umfangreicher, kann man daraufhin arbeiten.

Und sind sie riesig, dann muss dem Wunsch das Glück angeheftet werden. Vielleicht hilft ein Lottoschein!

Haben sie es schon einmal ausprobiert? Ich schon! Nur habe ich Glück in der Liebe und deshalb funktioniert es beim Spiel nie.

Dieses Jahr wünschte ich mir Elisen!

Meine Schwiegertochter dachte dabei an Ludwig van Beethoven und kaufte eine CD mit dieser Komposition.

Mein Sohn kam mit dem Zeichentrickfilm „Der rosarote Panther", denn darin spielt die blaue Elise eine Rolle.

Mein Enkelkind schenkte mir ein Buch aus der Rubrik Fantasie - Romane. Hier ist Elise ein weiblicher Geist.

Mein lieber Mann überreichte mir ein schön eingepacktes Kästchen. Als ich es geöffnet hatte, hielt ich das Modell eines englischen Sportwagens in der Hand. Auf meinen fragenden Blick hin erklärte er mir: Das ist ein Lotus Elise! Für die große Ausgabe hat mein Budget nicht gereicht.

Ich bedankte mich artig für die Geschenke, lies aber die Schultern hängen. Mein Wunsch war nicht erfüllt worden! Und ich selbst hatte ihn auch nicht erfüllen können!

Warum?

Meine Schwägerin Monika, Inhaberin einer Konditorei in Diez, in deren schönen Kaffee ich gern sitze und mich dem Genuss hingebe, konnte mir keine Elisen schicken. Sie waren bereits ausverkauft!

Kein Wunder, denn sie sind sooo lecker!

Und damit das nicht wieder geschieht, habe ich eine Bestellung für das kommende Jahr aufgegeben.

Ein Elisenrezept

für experimentierfreudige Hobbykonditoren

Ich habe die Definition für Elisen gegoogelt und fand: Hochwertiges Weihnachtsgebäck aus einem Teig, der Zucker, Eier, Nüsse und Gewürze enthält (kein oder ganz wenig Mehl) und auf Oblaten gebacken wird.

Kein oder ganz wenig – was für eine Aussage!

Geht es ganz ohne? Und wie viel ist „ganz wenig"?

Ich befragte Wikipedia nach Elisen und dort fand ich, es dürfen maximal 10 % Mehl oder 7,5 % Stärke sein. Worauf sich die Prozentangaben beziehen, ist nicht angegeben. Ich beziehe sie deshalb auf die Gesamtmasse aller Zutaten.

So wie die Schönheit im Auge des Betrachters liegt, so sind sicher auch unsere Geschmacksnerven sehr verschieden. Die Elisen, die mich so begeistern, kommen bei ihnen vielleicht nicht an.

Wenn sie selbst welche backen möchten, dann finden sie auf einschlägigen Seiten eine Menge Rezepte. Ich habe es auch versucht und nutze folgende Zutaten:

200 g Marzipan

170 g Zucker

1 Ei

100 g Eiweiß (ca. 3 Eier)

180 g Nüsse

30 g Mandeln, geröstet

35 g Orangeat

10 g Zitronat

10 g Lebkuchengewürz

1 g Salz

2 g Hirschhornsalz

außerdem Backoblaten

Nach dem alles abgewogen und vorbereitet ist, kommt das Prozedere:

Schlagen sie das Eiweiß zu festem Eischnee. Wenn sie mit einer Küchenmaschine arbeiten, dann geben sie es anschließend in eine andere Schüssel. Die Rührschüssel der Maschine muss nicht gereinigt werden. Verrühren sie nun Marzipan, Zucker und Ei gut. Dann geben sie die feingehackten Nüsse und Mandeln sowie Orangeat und Zitronat dazu. Das Lebkuchengewürz, Salz und als Treibmittel Hirschhornsalz nicht vergessen.

Zum Schluss heben sie den steifen Eischnee mit der Hand darunter, geben die Masse auf die Backoblaten und backen sie 20 Minuten bei 160° auf der mittleren Schiene (bei Umluft reichen 15 Minuten und 150°).

Nach dem Auskühlen tragen sie die Glasur auf.

Der Geschmack war gut, nur die Form war nicht so gleichmäßig rund und groß wie in Monikas Konditorei.

Ich wünsche ihnen gutes Gelingen!